„Wo bist Du?"

2021 Simon Schröder – Erstauflage
Autor/Umschlagsgestaltung/Illustration: Simon Schröder
Lektorat: tredition Autorenbetreuung

Verlag & Druck: tredition GmbH, Halenreie 40-44, 22359 Hamburg
ISBN: 978-3-347-32063-5 (Paperback)
       978-3-347-32064-2 (Hardcover)
       978-3-347-32065-9 (e-Book)

Bibliografische Information der Deutschen Nationalbibliothek:
Die Deutsche Nationalbibliothek verzeichnet diese Publikation in der Deutschen Nationalbibliografie; detaillierte bibliografische Daten sind im Internet über http://dnb.d-nb.de abrufbar.

Es war ein sonniger Tag und Friedrich lief von der Schule nach Hause. Ihm war heiß und die Sonne brannte mit voller Wucht auf ihn nieder. Dennoch war er guter Laune, da er heute eine gute Note in seiner Mathearbeit geschrieben hatte. Sein Vater würde bestimmt stolz auf ihn sein, dachte er.

Zusammen mit seinem besten Freund Gustav lief er nach Hause. Gustav fragte ihn, ob er heute Nachmittag mit ihm und seinen Freunden spielen wollte. Friedrich stimmte zu und sie verabredeten sich für 15 Uhr. Als sie über die Brücke liefen, sahen sie Friedrichs Vater, der gerade seinen kleinen Kahn am Ufer festmachte.

Er rief: „Hallo, Jungs wollt ihr mir mal helfen?" Gustav verneinte und verabschiedete sich von Friedrich. – Es dauerte nicht lange, da verschwand der Freund hinter der Hausecke und bog in eine Seitenstraße ab.

Friedrichs Vater kam von seinem Kahn herauf und ging mit ihm in die Scheune, um dort den Pflug bereit zu machen. Im Haus setzten sie sich an den Mittagstisch. Friedrichs Mutter stellte gerade einen Topf auf den Tisch und er ahnte schon, was ihm bevorstand. Kuhmilch mit Brot. – Schon wieder. Wie üblich, falteten alle die Hände zum Gebet. Fertig – guten Appetit! Doch die Milch mit Brot konnte Friedrich schon lange nicht mehr sehen. Fast jeden Tag das Gleiche. Sehnlichst freut er sich schon auf Sonntag, wo es hoffentlich wieder mal Fleisch oder wenigstens Eier gäbe. Da seine Mutter ihn kritisch beäugte, beschloss Friedrich die Milchsuppe zu essen. Dann wieder beten!

Jetzt konnte er sich seinen Hausaufgaben widmen. Gerade als er fertig war, klopfte es an der Tür und sein Freund Gustav holte ihn zum Spielen ab. Sie rannten um die Wette über die Brücke bis zur Wiese über die Altmühl. Dort warteten die anderen: Karl, Adolf und die kleine Anna. Wie üblich spielten sie verstecken. Adolf war mit zählen dran und alle rannten in verschiedenen Richtungen des Dorfes. Die kleine Anna lief über die Brücke in Richtung Ufer, direkt auf den Kahn von Friedrichs Vater. Dort versteckte sie sich unter dem Sitz und warf sich einen alten Sack über, der am Boden lag.

Anna wartete und wartete und sie dachte, die anderen finden mich bestimmt nicht. Plötzlich schwankte der Kahn und ein großer Fuß stand direkt neben Anna. „Wer ist das?", dachte Anna und war mucksmäuschenstill. Auf einmal ertönte ein kratziges Husten und Anna vermutete, dass dies Friedrichs Vater wäre. – Aus Angst, Ärger zu bekommen, blieb sie still unter dem Sitz und bewegte sich nicht.

Währenddessen hatte Adolf bereits Friedrich und Karl gefunden und suchte nun Anna.

Immer wieder spitzte Anna unterm Sack hervor und bemerkte, dass sie in Richtung Treuchtlingen fuhren. Karl, Adolf und Friedrich machten sich große Sorgen, vor allem da Annas Stiefvater sehr streng war.

Sie teilten sich auf, um nochmals alles abzusuchen. Friedrich in der Kirche, da sie sich dort gerne versteckte. Die große Kirchentür knarrte, als er hinein ging. Jede Bankreihe suchte er ab, doch außer alten Liedzetteln und Gesangbüchern fand er nichts. Erfolglos verließ er die Kirche und machte sich auf den Weg Richtung Schule. Er umrundete das Gebäude und kämpfte sich durch dichtes Gestrüpp und den Efeu, der die Hauswand bedeckte. Auch hier fand er Anna nicht. Niedergeschlagen schlurfte er zu Karl und Adolf. Friedrichs Vater indes tuckerte mit seinem Kahn über das Wasser. Als er an seinem Ziel angekommen war, schaute Anna unter dem Sitz hervor. Sie waren auf einer kleinen Halbinsel, auf der Friedrichs Vater immer das Gras für seine Tiere holte. Dort wuchs das beste Gras in der Gegend, deshalb kam er regelmäßig hier her. Als er die erste Ladung Gras auf den Kahn warf, wirbelte dies so viel Staub auf, dass Anna niesen musste.

Anna sagte: „Entschuldigung, Entschuldigung, Herr Hüttmeyer, es tut mir leid, ich habe mich versteckt vor Friedrich, Adolf und Karl, wir spielen verstecken."

Friedrichs Vater musste so sehr lachen und war erstaunt, dass er sie nicht einmal bemerkt hatte.

Auch die anderen beiden hatten keine Spur von der kleinen Anna gefunden. Über zwei Stunden hatten sie gesucht, doch ohne Erfolg. – Nun beschlossen sie, mit Annas Stiefvater zu reden. Auf dem Weg diskutierten sie darüber, wer ihm die Nachricht berichten sollte. Friedrich und Karl waren sich einig, dass es Adolf werden sollte, da er mit suchen dran war.

Kreidebleich und mit zitternden Knien gingen sie zu Annas Stiefvater, der gerade in der Scheune Stroh auflud.

„Hallo, Herr Walter", sagte Adolf kleinlaut. Voller Furcht erklärte Adolf ihm, was passiert war. Von Wut gepackt brüllte er die Jungs so sehr an, dass Karl die Tränen in die Augen stiegen und Friedrich stocksteif dastand. Als Adolf Herrn Walter etwas beruhigen konnte, machten sie sich auf, um nochmals alles abzusuchen.

Auf der Brücke fing Herr Walter an zu weinen und die Jungs fühlten sich schuldig. Auf einmal kam unter der Brücke der Kahn von Friedrichs Vater hervor, auf dem Anna und Friedrichs Vater gemütlich saßen. Herr Walter rannte zum Flussufer, um Anna in die Arme zu nehmen. „Kindchen, was hast du mir für einen Schrecken eingejagt."

Friedrich, Adolf und Karl waren erleichtert – und sagten: „Du hast gewonnen, du hattest das beste Versteck."

Am nächsten Tag sollte Friedrich seinen Onkel in München besuchen und da Ferien waren, sollte er ein paar Tage bei ihm bleiben. Als er seine Koffer packte, dachte er an seinen Onkel, dem er sehr viel bedeutete. Außerdem versuchte er, immer wenn er zu ihm kam, ihm ein Geschenk zu machen. Also nahm er sein erspartes Geld und ging zum Nachbarn und besorgte etwas Gänsefett. – Schön verpackt legte er es in den Koffer. Nun schrie sein Vater, er solle kommen, da sie losgehen müssen.

Der Weg nach Treuchtlingen war lang und beschwerlich. Sein Vater sagte zu ihm, dass er sich ja benehmen solle, doch Friedrich reagierte nicht und schweigend gingen sie über die langen Feldwege und bahnten sich den Weg durch dichtes Gestrüpp. Als sie sich Treuchtlingen näherten, wurde aus dem Feldweg langsam eine ebene, wenn auch holprige Straße. Sie hatten nicht mehr viel Zeit, gingen im Laufschritt und der Verkehr wurde immer dichter. Vom Bahnhof waren sie nur noch ein paar Straßen entfernt. Das laute Pfeifen der Züge war schon zu hören, außerdem kam Qualm auf sie zu – eine riesige schwarze Wolke. Sie kauften eine Fahrkarte und eilten zum Bahnsteig. In letzter Minute schaffte Friedrich es, in den Zug zu steigen und sich einen Platz zu suchen.

Als der Zug losfuhr, klopfte jemand ans Fenster. Friedrich traute seinen Augen nicht, es war sein Vater. Er sprang auf, rannte zur Tür und stieß diese auf. Der Zug war bereits einen Kilometer vom Bahnhof entfernt und hatte volle Fahrt aufgenommen. Der Schaffner, der gerade vorbeikam, sah ihn und zog ihn in das Innere des Waggons. Mit wütender Miene schrie er: „Was machst du denn hier, du hättest sterben können!" Friedrich der noch immer unter Schock stand, versuchte, den Fall zu schildern. Der Schaffner erklärte, dass der Zug schon zu weit weg vom Bahnhof sei, und er könne nicht zurücklaufen. Friedrich beschloss, trotz alledem nach München weiterzufahren, zu seinem Onkel. Nachdem er die Fahrkarte vorgezeigt hatte, setzte er sich auf seinem Platz, weil es noch ein langer Weg bis München war.

Am späten Nachmittag kam er endlich am Bahnhof in München an. Müde machte er sich auf den Weg in Richtung Marktplatz. Er wusste, dass sein Onkel jeden Montag dort zum Einkaufen ging. Um 16 Uhr war er dort. Sofort machte er sich auf den Weg zum Gemüsestand, den sein Onkel jede Woche aufsuchte. Außerdem kannte er den Händler aus Schulzeiten und jedes Mal, wenn sie sich trafen, redeten sie über die alten Zeiten. Aber heute war der Stand nicht da. Verwundert streifte Friedrich um die Nachbarstände. Zu seinem Glück sah er Tante Gudrun, die gerade mit ihrem großen Einkaufskorb vom Markt weglief. Eilig hastete Friedrich hinter ihr her.

„Tante Gudrun halt, bleib stehen!"
Doch sie hörte nicht und lief einfach weiter. Als er sie
eingeholt hatte und sie aus Verwunderung erschrocken
war, versuchte er sie zu beruhigen. Sie sagte: „Herzchen,
was machst du denn hier?"

Als er ihr seine Geschichte erzählte, kam Onkel Ernst um
die Ecke, um seiner Frau mit den Einkäufen zu helfen. „Du
kannst erstmal bei uns bleiben," sagte er.

Gemeinsam liefen sie zu ihrer kleinen Wohnung mitten
im Stadtzentrum von München. Als sie im Treppenhaus
des vermoderten Gebäudes waren, kam Friedrich ein
stechender Geruch entgegen. Sie gingen über die
knarzenden Stufen bis ins Dachgeschoss des kleinen
Mehrfamilienhauses. Als Friedrich die kleine Tür der
Wohnung erblickte, erinnerte er sich an seine Kindheit,
wo er als Kleinkind hier die ersten Schritte machte, mit
Tante Gudruns Katze spielte und die Vase von Onkel Ernst
kaputt gemacht hatte.

Onkel Ernst sagte: „Fühl dich hier wie zu Hause."

Gemeinsam richteten sie in einer kleinen Abstellkammer
neben der Küche ein kleines Zimmer für ihn ein. Neben
der Matratze stand ein kleiner Kerzenständer und eine
alte Nachtschüssel. Da es ohnehin schon geplant war,
dass er eine Woche bei seinem Onkel verbringen würde,
ob mit oder ohne seinen Vater, machte er es sich

gemütlich, wie es nur irgendwie ging. Als es dämmerte, rief Onkel Ernst ihm zum Abendessen. Es gab frisches Brot und Käse vom Markt. Während des Essens unterhielten sie sich über den Krieg, in dem Onkel Ernst gekämpft hatte. Im Schützengraben von Verdun, als ihm die Kugeln um die Ohren flogen, und er fast aufgrund einer lebensgefährlichen Beinwunde gestorben wäre.

„Ein Glück, dass es vorbei ist und wir unser Leben in aller Ruhe weiterführen können."

Schweigend aß Friedrich sein Käsebrot. Nach dem Essen ging er mit seinem Onkel noch etwas nach draußen, um frische Luft zu schnappen. Zusammen gingen sie über die Treppen des Mehrfamilienhauses in den Hinterhof und zu einem nahegelegenen Wirtshaus, damit er Onkel Ernsts Freunde kennenlernte. Sie setzten sich an den Tisch mit Onkel Ernsts Freunden. Einer von ihnen hatte einen grauen kratzigen Bart und eine kleine jüdische Kopfbedeckung – die Kippa – auf. Ein anderer hatte eine zerfetzte Lederhose an und rauchte eine Pfeife. Er hatte einen riesigen Hut, einen schwarzen Mantel und viel zu lange Arme.

Onkel Ernst stellte Friedrich vor. Doch die Männer schien es nicht zu interessieren.

Nach einer halben Ewigkeit erdrückender Stille, sagte Onkel Ernst zu dem Mann mit den viel zu langen Armen:

„Wie geht`s deiner Frau?" Gelangweilt räusperte er sich und sagte: „Wie immer."

Die Stimmung kippte und Friedrich sagte zu Onkel Ernst: „Kann ich etwas zu trinken haben." Onkel Ernst gab Friedrich eine große silberne Münze und rief die Wirtin. „Für den jungen Buben ein Glas Wasser!", rief Onkel Ernst. Als er am Wasser nippte, schien sich die Stimmung etwas aufzulockern. Der Mann mit den langen Armen und dem Mantel erzählten von seinem kleinen Laden an der Ecke und prahlte, dass er gute Geschäfte gemacht habe. Als es ans Bezahlen ging, zeigte er sich großzügig und bezahlte das Bier und das Wasser von Onkel Ernst und Friedrich mit. „Stecke deine Münze weg", sagte der Mann zu Friedrich. Friedrich und Onkel Ernst verabschiedeten sich und gingen aus dem Wirtshaus. Mittlerweile waren die Straßenlaternen angegangen und man konnte seinen eigenen Atem sehen. Onkel Ernst zog seine Pfeife aus der Jackentasche, zündete sie an und rauchte genussvoll.

„Morgen senden wir ein Telegramm nach Dietfurt und teilen deinem Vater mit, dass du noch gerne ein paar Tage bleiben kannst."

Tante Gudrun wartete bereits auf sie. „Wo warst du denn nur solange mit dem Jungen?" Friedrich machte sich bettfertig. In der kleinen Abstellkammer in der Wohnung holte er sein langes weißes Nachthemd aus dem Koffer und ging ins Bad, um sich die Zähne zu putzen. Schnell schlich er zurück zu seinem Zimmer, kuschelte sich in eine warme Decke und zog die Tageszeitung unter einem Kissen hervor. Dann sah er den Einband eines Buches. In viel zu großer Schrift stand dort „Mein Kampf". Als er von draußen Schritte hörte, schaltete er die Nachttischlampe aus und versteckte die Zeitung wieder unter seinem Kopfkissen. Auf einmal ging die Tür auf und Onkel Ernst kam ins Zimmer. Er sagte: „Schlafenszeit!", schloss die Tür und ging ins Bett.

Als er am nächsten Tag aufwachte, war Onkel Ernst schon früh losgegangen, um das Telegramm nach Dietfurt zu schicken. Friedrich und Tante Gudrun waren alleine zuhause.
Gerade als Tante Gudrun auf den Markt gehen wollte und Friedrich anbot, mitzugehen, war Friedrich schon dabei die Wohnung zu verlassen und über den viel zu engen Flur des Hauses sich ins Freie zu begeben.

Er hatte die Tageszeitung von gestern und Taschengeld bei sich und rannte über die Straße hinauf zum Marktplatz, wo ein kleiner schäbiger Laden mit der Aufschrift „Buchhandlung" war. Friedrich betrat das Geschäft und grüßte den älteren Mann, der an der Kasse stand. Langsam ging er durch den Laden. Schüchtern fragte er den Verkäufer nach dem Buch „Mein Kampf". Der Verkäufer zeigte auf das Regal neben der Tür. Friedrich nahm das Buch und las den Einleitungstext. Er dachte: Was für ein unverständlicher Unsinn. Aber er wollte es zu Ende lesen und entschied sich, es zu kaufen. Drei Geldscheine legte er auf den Tresen und der ältere Mann legte sie hastig in die Kasse. Er verließ den Laden und lief in Richtung des Marktplatzes, auf dem ein großer Brunnen stand. Er setzte sich auf dessen Rand, legte das Buch neben sich und zählte seine Ersparnisse. Genügend Geld hatte er noch, um seinen Geschwistern ein kleines Geschenk mitzubringen.

In einem Cafè bestellte er sich ein Eis. Dann ging er zurück zu Onkel Ernst und Tante Gudrun. Auf dem Weg blätterte er immer wieder in seinem neuen Buch. Als er um eine Ecke bog, prallte er mit seinem Kopf an einen Schulranzen und ein Junge mit jüdischer Kopfbedeckung stand vor ihm.

Der brüllte ihn an: „Kannst du nicht aufpassen?"
Hastig entschuldigte sich Friedrich. Der Junge starrte ihn entsetzt an und deutete auf sein Buch. Friedrich erklärte ihm, dass er es gerade gekauft habe und nicht genau wisse was. Der Junge riss ihm das Buch aus der Hand und warf es auf den Boden. Er meinte, dort stünden nur Lügen drin und Juden seien nicht so. Da Friedrich bereits die ersten rassistischen Kommentare von Adolf Hitler gelesen hatte, bemerkte er, dass Juden alles andere als böse seien.

Er nahm das Buch wieder an sich und steckte es in seine Tasche. Der Junge hieß Franz und lud ihn ein, mit zu ihm nach Hause zu gehen. Franz wohnte in einem großen schönen Haus direkt neben dem Bahnhof. Sein Haus war fast schöner und größer als das Bahngebäude. Eine ältere Frau öffnete die Tür. Sehr früh stellte sich heraus, dass sie seine Erzieherin war. Sie brachte Friedrich und Franz in den Garten, wo sie spielten. Später verabschiedete sich Friedrich und ging nach Hause.

Als sich die Woche dem Ende neigte und Friedrich nicht mehr lange in München bleiben durfte, ging er noch einmal zu Franz, um sich zu verabschieden. Doch er war nicht da, deswegen schrieb Friedrich einen kurzen Brief und bat ihn, ihm zu schreiben.

Am nächsten Tag gingen Onkel Ernst, Tante Gudrun und Friedrich in die Kirche. Da sie evangelisch waren, mussten sie doppelt so weit bis zur Kirche laufen, da die nächste erst am anderen Ende der Stadt war. Nach dem Gottesdienst spendete Friedrich einen Teil seines Konfirmationsgeldes, das er sich für einen besonderen Moment aufgehoben hat. Er hatte eine schöne Woche und einen neuen Freund gefunden. Deswegen dankte er Gott in einem kurzen Gebet und machte sich auf den Weg zurück, um den Koffer zu packen, da er am nächsten Tag nach Dietfurt fahren würde.

Ein letztes Mal schlenderte er vergnügt und fröhlich durch die Stadt, weil er München für lange Zeit nicht
wieder sehen würde. Am Tag des Aufbruchs stand er mit seinem Mantel und seinen gepackten Koffern vor dem Haus. Onkel Ernst hatte für ihn eine kleine Holz-Ente gemacht als Erinnerung an die schöne Zeit. Friedrich nahm sie dankend entgegen und bewunderte sie. Als er im Zug saß, schaute er sehnsüchtig zurück: zum Haus von Franz, zum Marktplatz und zu Onkel Ernst und Tante Gudrun, die auf dem Bahnsteig standen. Er würde es nicht mehr so schnell zu Gesicht bekommen. Die Fahrt war lang und beschwerlich. Doch als er in Treuchtlingen ankam, war niemand da, um ihn abzuholen. Deprimiert lief er nach Dietfurt und dachte über München nach. Zuhause war niemand. Friedrich nahm den Schlüssel unter der Fußmatte hervor, schloss die Tür auf und ging hinein. Er packte seine Sachen aus und lief auf den Acker. Auch dort war niemand und erschöpft legte er sich schlafen. Am nächsten Morgen saß die ganze Familie fröhlich und vergnügt am Esstisch. Friedrich berichtete von seinen Erlebnissen aus der vergangenen Woche. Später half er bei der Hausarbeit und fegte den Hof. Seine Mutter schickte ihn zum Wäschewaschen hinunter an die Altmühl. Dort kam ihm Gustav entgegen, der mit seiner Mutter zum Einkaufen ging. Friedrich verneinte, als Gustav ihm anbot mitzugehen.

Zuhause bat ihn seine Mutter, Feuerholz zu holen. Als er mit einem prall gefüllten Kübel das Feuer anschürte, fiel ihm auf, dass es zu wenig war, um das alte und baufällige Haus zu erwärmen. Im Sommer war es fast so kalt wie im Winter. Also warf er das Buch „Mein Kampf" in die lodernden Flammen des Ofens. Er hatte keinerlei Mitleid, da er verstand, was Hitler wollte: nichts Gutes.

Nach ein paar Jahren machte Friedrich seinen Schulabschluss und erlernte den Beruf Steinmetz. Eines Tages wurde er zum Bauernhof in der Nähe geschickt, um dort etwas zu beheben. Als er den Hof betrat, kam die neue Magd Frieda aus der Scheune. Sofort verliebte er sich in sie.

Schon nach kurzer Zeit heirateten sie und bekamen eine Tochter, die sie auch Frieda nannten. Friedrich war glücklich wie noch nie zuvor in seinem Leben. Seine Frau Frieda und seine Tochter Frieda sollten es besser haben, als nur im Nebenzimmer des Fischereianwesens Hüttmeyer zu leben.

Um sich sozial zu engagieren und etwas zur Gesellschaft beizutragen, trat er einer sozialdemokratischen Organisation bei.

Er beschloss, mit viel Arbeit und Mühe ein Haus zu bauen. Das Haus stand nach ein paar Monaten im

Rohbau. Eines Morgens stand ein schwarzes Auto vor der Tür und ein Begutachter der Einzugsbehörde klopfte an. Er meinte, dass die Wehrmacht Soldaten brauchte und dass jeder Soldat, der etwas für sein Heimatland tun wolle, sich freiwillig melden soll.

Friedrich lehnte ab. Er versuchte, nicht daran zu denken, was passieren würde, wenn er eingezogen würde. Seine Frau müsste dann alles alleine machen, wenn er im Krieg umkommen würde. Dann hätte seine Tochter keinen Vater mehr und seine Frau keinen Ehemann. Er setzte sich an den Küchentisch und trank eine Tasse Tee, die er sich gerade aufgegossen hatte. Von seinem Freund Franz hatte er schon lange nichts mehr gehört, bereits ein halbes Jahr hatte Franz keinen Brief mehr geschrieben. Friedrich machte sich Sorgen, dass die Nazis ihn gefangen hielten.

Drei Monate später kam ein LKW der SS und sollte Friedrich mitnehmen. Seine Frau war entsetzt und konnte es nicht glauben, sie packte ihm einen kleinen Koffer mit einem Familienbild und seinen wichtigsten Sachen. Friedrich stieg auf den Wagen und seine kleine Tochter und seine Frau schauten ihm nach. Die Fahrt war lang und unbequem. Sie fuhren durch verschiedene Dörfer, bis sie schließlich in Ingolstadt in einer Kaserne ankamen. Zuerst fand er es erschreckend, ein solches Aufgebot an Soldaten zu sehen. Es dauerte nicht lang, da wurde Friedrich seine Uniform zugewiesen. Ab jetzt war er Obergefreiter in einem Grenzregiment der Infanterie. Er sollte in einer halben Stunde seine Ausrüstung kennenlernen und marsch bereit sein. Friedrich zog seine Uniform an und dachte gar nicht daran, zu tun, was der Feldwebel ihm sagte. Unzufrieden legte er sich auf das nächst beste Feldbett. Aber er konnte nicht schlafen, da er zu aufgewühlt war. Bereits früh hatte Friedrich erkannt, dass Hitler sie in einen Krieg hineinlenken würde. Also schwor er sich, nur zu töten, wenn es in irgendeiner Weise unumgänglich wäre.

Eine laute Glocke und eine Sirene ertönten. Das war das Aufbruchssignal, mit samt dem Gewehr stürmte er aus der Baracke mitten ins Glied. Als Major Wagner aus der Kommandantur kam, knüpfte Friedrich seine Jacke zu und setzte seinen Helm auf. Der Major inspizierte jeden Soldaten in der Einheit. Sein Adjutant kam eilig aus seinem Büro gelaufen, sodass er die Inspektion abbrach. Der Adjutant hieß Hauptmann Keller. Er war gerade erst zum Offizier befördert worden. Der Major war wütend und wollte ihn versetzen lassen, da er sich immer seinen Befehlen wieder setzte und dieses Mal den Bogen überspannte.

Friedrich trat aus dem Glied und wollte sich für ihn einsetzen. Doch der Major kannte keine Gnade. Alle, die sich seinen Befehlen wieder setzten, gehörten nicht in seine Einheit. Er versetzte Hauptmann Keller und Friedrich in ein Angriffsregiment unter den Befehl von

Oberst Gruber. Dort würden sie im Falle eines Angriffs mit dem Leben bezahlen. Am Abend sollten sie losfahren, doch es war kein Wagen für sie bereit. Also gab Hauptmann einem Soldaten ein paar Reichsmark, um sich einen Wagen zu reservieren.

Als am nächsten Morgen die ganze Einheit nach dem Morgenappell auf den Beinen war, fuhren Friedrich und Hauptmann Keller los. Er sagte zu Friedrich: „Danke, dass du mich vor diesem sturen Bock gerettet hast."

Friedrich war erstaunt so etwas von einem deutschen Offizier zu hören. Da er dachte, sie wären noch fanatischer als alle anderen. Friedrich erklärte ihm, dass er unter Protest in die Wehrmacht gekommen wäre. Der Hauptmann, sichtlich gerührt, schlug ihm vor, wenn er sich bewährte, beförderte er ihn zum Stabsgefreiten. Friedrich sagte zu, da dies mehr Geld zu seiner Frau nach Dietfurt und zu seiner Tochter brächte. Sie beschlossen, zum Mittagessen kurz vor Berlin anzuhalten und sich die Mägen zu füllen. Kurz danach fuhren sie in ein Lager bei Berlin, in dem sie drei Tage bleiben sollen. Der Hauptmann beschloss, Friedrich zu seinem Adjutanten zu machen. Friedrich sagte zu und machte sich sofort an die Arbeit. Er setzte sich an seinen Schreibtisch und begann Akten zu bearbeiten. Teilweise wusste er noch nicht mal, was er bearbeitete. Aber er begriff es schnell und füllte vier Stunden lang Akten aus. Gerade als er die letzte fertig hatte, kam Hauptmann Keller herein und war beeindruckt von seinem Geschick.

Doch er hatte schlechte Neuigkeiten für ihn. Friedrich musste sofort an die Front. Er musste los mit einem Sondertrupp, der unter seinem Kommando stand. Hauptmann Keller verabschiedete sich bei ihm und ging wieder in die Kommandantur. Friedrich wusste nicht, was er tun sollte und überlegte schon zu desertieren. Doch schnell verwarf er diesen Gedanken wieder.

Sie fuhren drei Stunden, bis sie die Grenze erreichten. An einer Schranke blieben sie stehen und versuchten dann, sie aufzubrechen, doch die zehn Männer brauchten ewig lange dazu. Als schließlich nach langem Warten die Zufahrt frei war, setzten sich wieder alle in den Wagen und fuhren in die ersten Dörfer. Friedrich dachte daran, dass dies der Beginn eines schrecklichen und grausamen Krieges wäre. Die anderen packten Munition zusammen, die sie später brauchen würden. Friedrich gab die ersten Befehle, um später Komplikationen zu vermeiden. Er befahl, dass sie nur zurückfeuern durften, wenn sie unter direktem Beschuss standen. Außerdem ordnete er an, dass keine Zivilisten erschossen oder gar gefangen genommen werden dürften, ohne höhere Anordnung.

Friedrich war schnell klar, dass dies eine verwaltungstechnische Angelegenheit war. Er sollte alles für den Führungstausch vorbereiten. Seine Soldaten suchten das größte und zentralste Haus im ganzen Dorf für die Kommandantur. Friedrich war überrascht, dass dies so ein kurzer Einsatz gewesen war. Er freute sich, dass er heil und gesund war und es überlebt hatte. Zufrieden legte er sich schlafen und versuchte, nicht mehr an all das zu denken. Plötzlich hörte er Schüsse und rannte mit seinen Männern vor die Tür der Kommandantur. Seine Kameraden eröffneten das Feuer. Friedrich versuchte sich zuerst einen Überblick zu schaffen. Doch es war viel zu dunkel.

Ein Transporter der Wehrmacht kam, der noch etwas vorbeibringen sollte. Sofort stieg der Fahrer aus, überwältigte den polnischen Scharfschützen von hinten und brachte ihn zu Friedrich. Friedrich entschied zu warten, bis Oberst Gruber eintreffen würde. Am nächsten Tag traf er ein und ließ den Scharfschützen antreten. Es gab eine zur Schau gestellte Gerichtsverhandlung. Friedrich sollte während der gesamten Verhandlung den Gefangenen bewachen. Am Ende wurde Friedrich zum Oberst gerufen. Oberst Gruber lobte Friedrich und befahl ihm, den Gefangenen als Zeichen der Überlegenheit morgen zu erschießen. Friedrich weigerte sich, aber der Oberst wurde immer wütender. Friedrich war in einer Zwickmühle und wusste nicht, was er tun sollte. Als er nachts zum Wachwechsel abkommandiert wurde, beschloss er, etwas Waghalsiges auszuprobieren.

Er nahm die Schlüssel und befreite den Mann aus der Zelle. Gemeinsam schlichen sie sich über den Hof hinaus; vor das Tor.

Der Mann bedankte sich bei Friedrich und fragte ihn, warum er das tue. Friedrich meinte: „Er hätte auf ein gnädigeres Urteil gehofft, da er nur seine Heimat verteidige und sie eingedrungen sind." Da der polnische Soldat sehr gut deutsch konnte, sagte er: „Gott sei mit dir." Friedrich verabschiedete sich und rannte wieder in den unteren Teil der Kommandantur. Aus Angst, ihn könnte jemand gesehen haben, ging er noch eine Runde im Keller herum. Anschließend schlug er sich selbst zusammen und zuletzt schlug er Alarm. Von überall kamen Soldaten und Oberst Gruber. Der Scharfschütze habe ihn niedergeschlagen, meinte Friedrich. Oberst Gruber war misstrauisch. Friedrich musste zum Kompaniearzt und ließ sich gründlich untersuchen. Er konnte sich angeblich diese Verletzungen unmöglich selbst zugefügt haben. Oberst Gruber wollte ihn sogar vor Gericht bringen, doch glücklicherweise verhinderte Hauptmann Keller dies noch rechtzeitig.

Dann kam aus dem Hauptquartier die Nachricht, dass ganz Polen besetzt sei. Friedrich war entsetzt! Dass die Wehrmacht Polen in so kurzer Zeit erobern würde, hätte er nicht gedacht. Er mochte sich nicht ausmalen, was als Nächstens passieren würde. Friedrich saß am Abend mit Hauptmann Keller zusammen und besprach das weitere Vorgehen, da sie mindestens noch ein Jahr hierbleiben mussten. Doch als der Hauptmann Friedrichs trauriges Gesicht sah, konnte er nicht anders, als ihm etwas Heimaturlaub zu geben. Friedrich war erstaunt und erfreut zu gleich. Seine Kameraden schien das nicht zu begeistern, da in diesen paar Wochen des Krieges die meisten bald hofften, nach Hause zu kommen. Friedrich packte seine Sachen und machte sich abfahrtsbereit, doch keiner wollte ihn mitnehmen. Da sprang Friedrich einfach auf den nächsten LKW der vorbeifuhr. Er hoffte, er würde ihn zurück nach Deutschland bringen. Doch Friedrich ahnte nicht was auf ihn zukommen würde. Sie fuhren einen Tag und eine Nacht lang durch, bis Friedrich sich nicht mehr sicher war, ob er richtig war. Also sprang er ab und versuchte sich etwas zu orientieren. Er ging in Richtung eines kleinen Dorfes. Dort wollte er nachfragen, ob es einen Militärstützpunkt gebe. Doch der Weg war lang und es war sehr kalt, Friedrich konnte seinen Atem sehen. Vor dem Dorf lagen ein paar kleine Äcker die Friedrich an Zuhause erinnerten. Er hoffte, dass er bald wieder bei seiner Frau und Tochter sein würde. Gerade als er das Dorf betrat, sah er schon die ersten Plakate und Flugblätter. Als er sich sicher war, dass niemand ihn sah, zerriss er eines der Flugblätter. Dann begab er sich in den Ortskern. Ohne lang nachzudenken, lief er zum Haus, das er sah und klopfte an der Tür. Eine junge Frau öffnete ihm und starrte ihn voller Angst an. Sie zitterte am ganzen Leib und Friedrich versuchte, sie zu beruhigen. Nach einem Moment der Aufregung war die Frau erleichtert und fragte ihn, was er hier wolle. Sie habe nichts strafbares getan. Friedrich erklärte der Frau, dass sie nichts zu befürchten habe. Sie bot ihm an, herein zu kommen und sich aufzuwärmen. Er nahm an und setzte sich an den Tisch, der in einem kleinen Raum neben dem Flur war. Er wollte wissen, ob sie hier ganz allein lebte. Zuerst zögerte sie, doch dann meinte sie, ihr Ehemann wohne auch hier. Friedrich ahnte allmählich, was hier los war. Er bat sie ihn zu sprechen da Friedrich sich wunderte, dass er jetzt schon aus Polen zurückgekehrt ist. Die Frau erzählte, dass ihr Mann gerade in der Scheune hinter dem Haus sei und die Tiere fütterte.

Sie brachte Friedrich eine Tasse Tee und wollte wissen, weshalb er hier im Dorf sei. Er berichtete von seinen Erlebnissen, von seiner Frau und seiner Tochter, die er verlassen musste, und von seinem Haus, das er noch nicht hatte fertigstellen können.

Plötzlich hörte Friedrich ein Geräusch aus dem Keller. Er fragte, was los sei und stand vom Tisch auf. Die Frau versuchte, ihn loszuwerden, doch Friedrich ließ sich nicht so leicht vertreiben. Hastig suchte Friedrich nach der Kellertür, doch sie war nicht zu sehen. Er wies die Frau an, ihm die Tür zu zeigen, aber sie wollte es dennoch nicht. Auf einmal sah Friedrich etwas Hölzernes unter dem Teppich, eine Art Luke die in den Keller führte. Er zog den Teppich beiseite und riss die Luke auf. Friedrich rannte mit seiner Waffe direkt in den Kellerraum hinunter. Dort sah er einen Jungen mit einer Kippa in der Ecke sitzen. Schnell huschte die Frau an ihm vorbei und umarmte den Jungen. Friedrich schrie die beiden an und wollte wissen, was los sei. Doch sie antworteten nicht. Nun wurde er zornig und befahl ihnen, sich in die Ecke zu stellen. Die Frau versteckte hier Juden. Als er sie damit konfrontierte, gab sie nach langem Zögern alles zu. Friedrich führte sie in die Wohnung herauf. Dort zeigte er auf ein Bild Hitlers, richtete seine Waffe darauf und schoss direkt durch den Kopf Hitlers. Friedrich steckte seine Waffe weg und versprach der Frau, dass er nichts verraten würde. Die Frau dankte ihm. Friedrich meinte, wenn die Nazis uns unterdrücken, kann unsere Freiheit nur vernichtet werden. Sie fragte ihn, ob sie etwas für ihn tun könne. Da sagte er, dass er hier festsitze und er zu seiner Frau und seiner Tochter möchte. Die Frau bot ihm an, dass er ihr Telefon benutzen könnte. Hastig wählte Friedrich die

Nummer von Hauptmann Keller, der ihm einen Wagen vorbeischicken solle. Aber der Hauptmann meinte, dass er zu weit entfernt sei um ihn abzuholen. Friedrich versuchte weiter, jemanden in der Umgebung zu finden, der ihn abholte. Nur ein Feldwebel, der auf dem Nachhauseweg war, konnte ihn mitnehmen und so sagte Friedrich zu. Hauptmann Keller hatte ihm wegen seines Umwegs ein paar Tage mehr Urlaub gegeben. Als Friedrich sich verabschieden wollte, hupte jemand vor der Tür. Es war Feldwebel Richter, der auch in die Heimat fahren wollte. Er verabschiedete sich von der Frau und stieg in den Wagen ein. Feldwebel Richter war freundlich und korrekt, deswegen ersparte sich Friedrich das Salutieren.

Der Weg nach Dietfurt war lang und Friedrich wollte vor Einbruch der Nacht zuhause sein. Kurz vor der Dämmerung sah er bereits Treuchtlingen. Friedrich bat Feldwebel Richter anzuhalten, da es nicht mehr weit bis nach Dietfurt war. Mit samt seinem Gepäck und seiner Ausrüstung rannte Friedrich über die Felder, da er seine Tochter nach langer Zeit des Wartens wieder in die Arme schließen wollte. Das Haus seiner Eltern war bereits in Sicht und seine Mutter, die noch im Garten arbeitete. Er schrie so laut nach ihr, dass er schon beinahe heiser wurde. Sie stand auf und ließ ihre Handschaufel fallen. Friedrich kam in den Garten und umarmte sie. Es dauerte nicht lang, bis seine Frau Frieda ihn entdeckte, und auch seine kleine Tochter, die bereits ihre ersten

Schritte gemacht hatte, lief ihm entgegen. Friedrich war überglücklich, wieder in seiner Heimat zu sein. Doch als er am Abend in seinem einstigen Schlafzimmer saß, schrieb er einen Brief an seine Frau, den sie erst lesen sollte, wenn er nicht mehr zurückkehren würde. Außerdem holte er eine Karte Europas, die er seit seiner Kindheit aufbewahrt hatte. Dort zeichnete er Österreich und Polen ein, um die Geschehnisse weiter im Auge zu behalten.

Nach seinem Fronturlaub wurden Friedrich und seine Einheit an der französischen Grenze stationiert. Friedrich und Hauptmann Keller wohnten in der Kommandantur und der Rest seiner Truppe in Baracken neben dem Hauptgebäude. Friedrich wusste, dass Hauptmann Keller nicht mehr lange hier sein würde. Denn General Blank hatte bei einem Gespräch angedeutet, dass er versetzt werde. Friedrich werde dann entweder mit ihm versetzt oder allein hierbleiben.

Plötzlich ging die Tür auf und Oberst Gruber kam herein. Friedrich sprang auf und grüßte ihn. Angespannt suchte Oberst Gruber nach Hauptmann Keller. Friedrich sagte zu ihm, dass der Hauptmann schon vor zwei Stunden gegangen sei. Friedrich kümmerte sich um die Kommandantur und Leutnant Kessler kommandierte die Soldaten in den benachbarten Baracken. Oberst Gruber bat Friedrich, eine Akte aus Hauptmann Kellers Büro zu besorgen, damit er wieder gehen könne. Der Oberst erklärte ihm, dass General Blank Befehle von Hitler bekommen habe und Hauptmann Keller sie in die Tat umsetzen solle.

Friedrich konnte jedoch nicht mehr lange zuhören, da er das Essen für die Männer kochen musste. Schnell verabschiedete Friedrich sich von Oberst Gruber und ging mitten in den Hof des Lagers, als gerade ein kleines Motorrad in den Hof hineinfuhr. Hauptmann Keller und sein Fahrer betraten das Lager. Friedrich lief sofort zu Hauptmann Keller und meldete ihm, dass er sofort ins Büro kommen solle.

Friedrich wollte dieses Mal pünktlich alles erledigt haben, um Hauptmann Keller bei seiner Rundfahrt begleiten zu können. Gerade als er in die Küche kam, kam ihm bereits eine riesige schwarze Rauchwolke entgegen. Sein Assistent, der ihm immer in der Küche half, war krank und so brauchte er einen Ersatz. Dieser entpuppte sich jedoch als Reinfall, da er die Rationen angebrannt hatte. Friedrich war entsetzt, wie sollte er jetzt nur die Soldaten versorgen? Ihm fiel nichts ein. Einen Moment wollte er schon zu Oberst Gruber und Hauptmann Keller gehen und alles melden. Aber Friedrich verwarf diesen Gedanken wieder. Auf einmal kam ihm eine Idee. Neben dem Lager war ein Bauernhof, der vor kurzem eine große Ernte eingefahren hatte.

Friedrich wollte nur einen Beutel voll Kartoffeln kaufen, um seine Soldaten zu ernähren. Doch als er auf dem Hof war, wollte der Landwirt ihm nichts verkaufen. So beschloss Friedrich, Hauptmann Keller den Schaden zu melden. Er betrat zögerlich die Kommandantur. Friedrich hörte bereits Hauptmann Keller und Oberst Gruber miteinander sprechen, doch Friedrich traute sich nicht hinein. Jetzt aber musste er etwas tun, da die Soldaten Hunger hatten, da die gesamt Einheit seit drei Tagen nichts gegessen hatte. Friedrich musste etwas unternehmen. Plötzlich ging die Tür auf und Oberst Gruber lief direkt in das kleine Büro. Friedrich entschuldigte sich und teilte ihm sogleich die schlechte Nachricht mit. Oberst Gruber war rasend vor Wut und brüllte Hauptmann Keller an, der soeben aus seinem Büro kam. Doch Friedrich konnte die Lage nach einiger Zeit wieder etwas beruhigen. Er sollte neue Rationen besorgen und kochen. Aber Friedrich wusste, dass die Lieferungen nicht rechtzeitig kommen würden, also kratzte er sein Geld zusammen, um auf den umliegenden Bauernhöfen Obst und Gemüse zu kaufen. Zufrieden ging er am Abend im Lager umher. Dann fiel ihm ein, dass er etwas vergessen hatte. Friedrich musste noch einen wichtigen Brief an seine Vorgesetzten weiterleiten. Schnell rannte er in sein Büro, um den Brief zu suchen. Er traute seinen Augen nicht, der Brief war bereits geöffnet. Erstaunt lass er jede einzelne Zeile, bis ihm das Blatt aus der Hand fiel. Der Angriff auf

Frankreich, so etwas hätte Friedrich nicht erwartet. Geschockt setzte er sich auf seinen Stuhl und weinte, da er wusste, dass er seine Familie jetzt nie wieder sehen würde.

Nach einer Weile hatte er sich wieder beruhigt und legte den Brief auf den Schreibtisch des Kommandanten. Erschöpft ging er ins Bett und versuchte zu schlafen. Doch es dauerte nicht lange, als er von einer lauten Sirene geweckt wurde. Der Morgenappell war früher als gewöhnlich, außerdem mussten alle Soldaten mit ihrem Gewehr antreten. Friedrich ahnte bereits, wohin das führen würde. Ohne etwas zu sagen, stellte er sich vor seine Einheit und lass die wichtigsten Punkte des Tages vor. Hauptmann Keller kam aus seinem Quartier und bat Friedrich ihm das Wesentliche zu schildern. Friedrich erzählte von dem Brief und dem Angriff auf Frankreich. Der Hauptmann wusste bereits alles und erklärte Friedrich, dass sie sofort losmüssten. Er konnte nicht begreifen, wie sie wieder einmal Leid und Zerstörung über andere Völker brachten. Friedrich sollte der Fahrer von Hauptmann Keller sein und nach einer Weile selbst kämpfen. Er begab sich zum persönlichen Wagen des Kommandanten und musste ihn noch reinigen. Nach einigen Minuten sprang Hauptmann Keller in voller Einsatzkleidung auf den Wagen und nahm neben Friedrich Platz. Eilig wies er Friedrich an, loszufahren doch zuvor hielt er noch eine von Hass erfüllte Rede, wie Friedrich es nie von ihm erwartet hätte.

Als er auf der Fahrt mit ihm sprach, wollte er nichts mehr von Friedrich wissen, deshalb beschloss Friedrich, anzuhalten und ihm mitzuteilen, dass er sich einen anderen Adjutanten suchen müsse, da er zu viel Verantwortung habe und sich nicht um seine Pflichten kümmern könne. In Wirklichkeit wollte er nicht mehr persönlich unter diesem Nazi dienen und seine schrecklichen Befehle ausführen. Erst vor drei Tagen hatte er den Hauptmann gesehen, als er eine Ausgabe von „Mein Kampf" gelesen hatte. Das hatte er bisher noch nie getan. Er war ein herzloser Faschist.

Als Sie ankamen, hörte er bereits die ersten Schüsse fallen. Hinter ihm stand der Hauptmann und gab den Angriffsbefehl. Friedrich und seine Kameraden rannten, so schnell sie konnten, bis ihnen die ersten französischen Soldaten entgegenkamen. Alle schossen und sprangen in die Schützengräben. Friedrich aber wollte niemanden niederstrecken oder für den Tod eines anderen verantwortlich sein. Deshalb schoss er absichtlich daneben, um niemanden zu verletzen. Doch die Franzosen rannten unweigerlich auf sie zu und warfen viele Handgranaten, in den Graben abseits von Friedrich. Seine Kameraden wollten schnell den Durchbruch in ein nahegelegenes Waldstück. Friedrich wollte sich und die anderen nicht dem Feuer ausliefern, also versuchte er, sie zurückzuhalten und die nächste Welle abzuwehren.

Schließlich gelang ihnen der Vorstoß und die Verstärkung rückte näher. Jetzt sollte Feldwebel Junker einen kleinen Trupp mit dreißig Männern, darunter auch Friedrich, anführen um das Umland zu erkunden. Er ahnte bereits, dass dies ein Selbstmordkommando wäre und er nicht mehr lebend aus Frankreich herauskommen würde. Seine Erfahrung war begrenzt und Feldwebel Junker bestand darauf, bei Feindkontakt sofort anzugreifen. Friedrich sah sich ein letztes Mal um und ging immer schneller in das französische Gebiet hinein.

Der Feldwebel entschied, dass es genug Aufklärung war und sie zurückmüssen. Doch plötzlich sah Friedrich eine Handgranate, die geradewegs auf seinen Freund Hans zuflog. Friedrich stieß ihn weg und geriet versehentlich in Reichweite der Granate.

Friedrich kam sofort in ein Hospital, in dem er bis zur Kapitulation Frankreichs blieb. Danach wurde er für drei Wochen nach Hause geschickt, um sich ausreichend zu erholen. Noch am selben Abend seiner Rückkehr schrieb er an dem Brief, für den Fall eines Todes an der Front, weiter. Bei jeder neuen Zeile fiel ihm das Schreiben immer schwerer. Als er fertig war, nahm er seine Europakarte hervor und zeichnete das eroberte Frankreich ein.

Als er sich zum Abendessen setzte, wollte seine Frau wieder einmal etwas über die Zustände an der Front wissen. Doch um sie nicht zu beunruhigen, sagte er wie jedes Mal nichts.

Friedrich sollte an diesem Tag zu seiner Einheit zurückkehren, doch seine kleine Tochter band seinen Fuß am Tischbein fest. Da sagte er: „Mädi, wenn ich jetzt hierbleibe, holen sie mich." Dieser eine Satz würde seine Tochter bis ins hohe Alter nicht mehr loslassen.

Als Friedrich sich befreien konnte, legte er seine Tochter schlafen und ging leise aus dem Haus.

Nach einigen Monaten sollte die Wehrmacht mit dem Russlandfeldzug beginnen, aber Friedrich sollte nicht direkt an der Front mitkämpfen, sondern in einem Hospital arbeiten. Fast jeden Tag kamen Verletzte von der nahen Front. Friedrich half immer mit, wenn es soweit war. Er absolvierte sogar eine Spezialprüfung, die es ihm ermöglichte, im Operationssaal mitzuarbeiten. Als Friedrich einen Tag durchgehend gearbeitet hatte, ließ er sich erschöpft auf sein Feldbett fallen. Normalerweise pokerten seine Kameraden und er um diese Zeit, doch heute konnte er an nichts anderes denken als an seinen wohlverdienten Schlaf. Als er am nächsten Tag wieder mit den Ärzten operierte, bat ihm ein Patient, der schwer verwundet war und keine Aussicht auf eine Genesung hatte, seine Schulden zu begleichen. Sonst würde seiner Familie etwas geschehen. Friedrich hatte Mitleid mit dem Jungen und versprach ihm, alles zu tun, um seiner Familie zu helfen.

Doch er ahnte nicht, was ihm noch bevorstand. Zwei Stunden später starb der Patient an seinen Verletzungen. Zuvor schrieb er Friedrich eine Adresse auf, an die er das Geld schicken sollte. Er betrachtete die Adresse und stellt fest, dass sie nicht weit vom Hospital entfernt war. Friedrich ging zum Kommandanten und bat ihn, ein paar Stunden frei zu bekommen und das Lager zu verlassen. Der Oberst stimmte zu und gab ihm einen Wagen mit. Friedrich wollte der Frau des Soldaten unbedingt das Geld geben. Die Fahrt war lang und
Friedrich musste immer wieder anhalten und nach dem Weg fragen. Nach drei Stunden kam er an einem alten polnischen Hof an. Dort begrüßte ihn eine junge Frau mit einem Baby in den Armen. Der Soldat hatte sie geheiratet und später mit ihr ein Kind bekommen. Friedrich wusste, dass dies gegen die Rassenpolitik Hitlers war. Aber er hatte sich noch nie um rassistische Überzeugungen gekümmert.

Die Frau fragte ihn, wieso er das tue. Friedrich antwortete nur: „Das versprach ich ihrem verstorbenen Mann, aus Mitleid!" Sofort fing die Frau an zu weinen und er begriff, dass er ihr noch nichts von seinem Tod erzählt hatte. Friedrich entschuldigte sich bei ihr und meinte, dass er nichts mehr für ihn tun konnte. Plötzlich klingelte es an der Tür und zwei bewaffnete polnische

Männer traten die Tür ein. Als sie ihn sahen, flüchteten sie, so schnell sie konnten. Er rannte eilig hinter ihnen her, doch er konnte sie nicht einholen. Da zog er seine Waffe und schoss einen der Männer ins Bein. Dieser ließ sofort seine Waffe fallen. Der andere rannte fluchtartig weiter und verschwand hinter der nächsten Ecke. Nach kurzer Zeit kamen die ersten Soldaten der Wehrmacht aus der ganzen Stadt, die ihn sofort befragten, was hier los gewesen sei. Sie protokollierten den Fall und danach konnte Friedrich gehen. Die Frau war ihm sehr dankbar, für alles was er für sie getan hat. Friedrich gab ihr das Geld und sorgte dafür, dass Feldwebel Richter manchmal vorbeikam, um nach der Frau und dem Kind zu sehen. Außerdem schenkte er ihr das Geld, um ihr Kind zu ernähren.

Am späten Abend kam Friedrich in das Lager zurück und spielte die ganze Nacht mit seinen Kameraden Karten. Friedrich wollte das Geld, das er der polnischen Frau geschenkt hatte unbedingt wieder zurückgewinnen. Aus seinem kleinen Wetteinsatz wurden nach und nach über 50 Reichsmark.

Nach einigen Wochen des Wartens kam endlich ein Brief von seiner Frau Frieda. Sie dankte ihm für die große Summe, die er letztens zu ihr geschickt hatte. Frieda hatte einen Teil des Geldes gespart. Den Rest investierte sie für das Haus in Dietfurt.

Zu Beginn des Jahres 1943 wurde Friedrich wieder an die Front versetzt. Die Rote Armee stand kurz vor Smolensk, dies erlaubte der Wehrmacht aber nicht, sich zurückzuziehen. Hitler und seine Generäle wollten nicht hinnehmen, dass der Krieg verloren war. Zu diesem Zeitpunkt ahnten wenige im Dritten Reich, dass sie von Anfang an betrogen worden waren. Friedrich wusste, wie grausam das Regime sein konnte und dass Hitler und seine Propaganda nur Lügen und Hass verbreiteten.

Eines Abends bekam er die Erlaubnis, wieder ein paar Wochen nach Hause zu fahren. Dies war das erste Mal seit einem Jahr. Zufrieden packte er seine Sachen und stieg in den nächsten Zug. Nach ein paar Stunden hielten sie in Auschwitz wegen eines Fliegeralarms. Friedrich sprang aus dem Zug und rannte in einen nahegelegenen Graben und blieb dort mehr als 20 Minuten. Gerade als der Zug weiterfuhr blickte er aus dem Graben. So schnell er konnte, lief er zu den Gleisen, aber es war zu spät. Hastig suchte er nach einem Militärstützpunkt, doch er fand das KZ Auschwitz. Einer der SS-Wächter bemerkte ihn und richtete sein Gewehr auf ihn. Friedrich erklärte ihm, dass sein Zug weg sei und er zu seiner Familie möchte, da er Urlaub habe. Zuerst war der Soldat misstrauisch, doch dann führte er ihn ins Lager, um ihn mitnehmen zu lassen. Im inneren Hof des Lagers waren Häftlinge, die arbeiteten. Als er den Wächter fragte, meinte der nur: „Dem Gesindel geschieht das doch recht." Friedrich war außer sich vor Wut und wollte sogar zu seiner Waffe greifen, doch dann fiel ihm ein Bild seiner Tochter aus der Tasche. Langsam hob er es vom Boden auf und steckte es wieder in seine Tasche. Nach einer kurzen Weile fuhr ein Wagen auf den Hof, der Friedrich bis zum nächsten Bahnhof mitnehmen sollte. Ein letzter Blick auf dieses menschenverachtende Lager und schon saß er im Wagen. Friedrich sah die Häftlinge an und sie erregten sein Mitleid. So etwas hatte er sich nicht in seinen kühnsten Träumen vorgestellt. Je weiter sie wegfuhren, desto kleiner wurde das Lager. Eine halbe Stunde später saß er im nächsten Zug nach Treuchtlingen.

Zu Hause angekommen, verschwieg er seiner Frau, was er in Auschwitz gesehen hatte. Noch am selben Abend schrieb er an seinem Brief weiter, da er wusste, dass dieser Krieg noch lange nicht vorbei war. Als er fertig war, zeichnete er mit Erleichterung auf seiner Karte die Misserfolge der Wehrmacht in Russland ein. Deutschland würde bald von der Sowjetunion besetzt werden. Die einzige Frage war jedoch, ob er dies überleben würde und weiterhin für seine Familie da sein könnte. Friedrich und seine Frau sorgten sich um das wenige Geld, das sie noch besaßen da Friedrich als Obergefreiter nicht viel verdiente. Dieser Krieg brachte sie an die Grenzen ihrer Existenz. Nach einigen Wochen musste Friedrich wieder zurück an die Front und seine Frau und Tochter allein zurücklassen. Wie immer in einem solchen Moment bat ihm seine Tochter zu bleiben.

Friedrich lief mit seiner gesamten Ausrüstung nach Treuchtlingen. Dort sah er sich ein letztes Mal um und ging langsam zum Bahnhof. Dies würde sein letzter Besuch bei seiner Familie sein, da er nie wieder zurückkommen würde. Als er im Waggon saß, gab es nur noch Stehplätze, so stellte er sich neben eine junge Frau, die aus Berlin kam. Sie fing nach kurzer Zeit an, von sich zu erzählen. Friedrich wollte nett sein und hörte aus Höflichkeit zu. Sie sprach von den ständigen Luftangriffen und wie sehr ihre Familie durch solche gequält wurde. Ihr Mann war Oberst und diente an der Westfront. Sie prahlte so lange, bis sie kurz vor Berlin waren. Dort verließ sie den Zug und stieg in einen schwarzen Wagen, der neben dem Bahnhof stand.

Friedrich musste dringend zu seiner Einheit zurück, denn seine Kameraden schrieben ihm, dass es etwas zu feiern gebe. Dies war das erste Mal, dass er sich freute, an die Front zurückzukehren. Etwas Außergewöhnliches musste passiert sein. Bereits vor dem Nachmittagsappell war er bei seiner Einheit. Während des gesamten Appells wurde kein einziges Wort gesprochen, doch am Ende wurden verschiedene Männer zum Kommandanten gerufen. Friedrich war auch unter ihnen, zuerst wusste er nicht, ob er Angst haben sollte oder ob er sich freuen sollte. Der Erste in der Reihe war der Gefreite Wagner, der zum Obergefreiten befördert wurde. Plötzlich ahnte Friedrich, dass er vielleicht befördert würde und seiner Familie so mehr Geld nach Hause schicken könnte. Als der Kommandant zu Friedrich kam, beförderte er ihn zum Stabsgefreiten und gratulierte ihm. Friedrich war traurig, doch so konnte er seine Familie besser ernähren.

Als er am Abend auf seinem Feldbett lag, dachte er über den ganzen Krieg nach, über das Leid und die Trauer. Er dachte an seine Familie und an seine kleine Tochter Frieda, wie sie ihren Vater vermisste.

Im Herbst wurde die Stimmung immer schlechter und die Aufträge immer schwieriger. Die Luft wurde immer kälter und Friedrich und seine Freunde lagen in einem Schützengraben an der Front. Schon seit Stunden warteten sie angespannt auf den Feind, der sich Tage nicht gezeigt hatte. Friedrichs Kameraden spielten Karten und rauchten ihre Pfeifen.

Plötzlich war der erste Knall zu hören und alle ließen die Karten fallen. Schnell nahmen sie ihre Gewehre und erwiderten den Beschuss, nur Friedrich schoss wie immer, absichtlich daneben, um niemanden zu treffen. Plötzlich flog eine Handgranate in das Schützenloch und kurz darauf steckte ein Granatsplitter in seinem Bein. Es hörte nicht auf zu bluten und als ihn ein Sanitäter fand, hatte er bereits viel Blut verloren. Er versuchte, sich wach zu halten, doch nach einer Weile wurde er ohnmächtig. Als er wieder zu Sinnen kam, lag er wieder einmal in einem Hospital in Lammsdorf bei Oppeln. Bereits am ersten Tag konnte er wieder ohne Schmerzen gehen. Doch er musste noch ein paar Tage zur Beobachtung bleiben.

Im Speisesaal wurden regelmäßig Propagandafilme abgespielt, an diesem Abend wurden General Rommel und der Atlantikwall gezeigt. Rommel sollte die kommende Invasion der Alliierten aufhalten. Doch Friedrich wusste, wenn die Amerikaner nach Frankreich kämen, würde der Krieg bald ein Ende haben. In dieser Zeit, die er im Hospital verbrachte schrieb er an seinem Brief weiter und zeichnete die Landverluste der Wehrmacht auf seiner Karte ein. Friedrich erwartete, die Sowjets bald auf deutschem Boden begrüßen zu können. Eines Morgens kam ein Offizier der Infanterie, der Friedrich mitnehmen sollte. Obwohl Friedrich nicht ganz genesen war, brachte ihn der Offizier zu einer Spezialeinheit, die die kommende Ankunft des Feindes in Polen verhindern sollte.

Friedrich bat um Versetzung an die Westfront, da die Engländer bereits in der Normandie waren, und er hoffte, sich auf ihre Seite schlagen zu können. Seit seiner Jugend sprach Friedrich etwas Englisch. Er wollte sich von den Engländern gefangen nehmen lassen und anschließend für sie gegen die Nazis zu kämpfen. Aber sein Antrag wurde abgelehnt, so musste er weiter an der Ostfront kämpfen. Seinen Plan gab er jedoch nicht auf und beschloss, zu den Amerikanern zu flüchten. So lange musste er aber noch im Osten bleiben.

Friedrich und seine neuen Kameraden waren in einem kleinen Lager stationiert. Währenddessen ging es seiner Frau sehr schlecht wegen der Flüchtlinge, die sie bei sich aufnahm. Dies zerrte so an ihren Nerven, dass sie einen Nervenzusammenbruch erlitt. Sogar der Kirchenrat sah sich nach ihr um.

Ein paar Tage zuvor hielt ein Zug fast vor ihrer Haustür, da ihn britische Bomber so zerstört hatten, dass er nicht mehr weiterfahren konnten. Die Insassen wussten sich nicht zu helfen und rannten zum ersten Haus, das sie sahen. Frieda und ihre Tochter waren bereit, sie aufzunehmen. Doch drei der Männer waren Taschendiebe und versuchten immer wieder, Geld aus Frieda herauszuquetschen. Egal, wie gut sie es versteckte, die Männer fanden es. Frieda war so verzweifelt, dass sie die Flüchtlinge nach einiger Zeit wieder wegschicken musste. Sie befahl ihnen, ein Bahnticket zu kaufen und schickte alle weg. Nachdem sie weg waren, hatte sie kaum noch genügend Geld. Ihre kleine Tochter und sie hatten deswegen kaum etwas zu essen.

Auch wenn Frieda Magd auf einem Bauernhof war, bekam sie nicht immer etwas zu essen. Mittlerweile hatte sie so wenig, dass sie beinahe den Hausbau stoppen musste. Dies konnte nur durch eine Geldsumme ihres Ehemannes in letzter Minute verhindert werden.

Dieser kämpfte zu dieser Zeit mit anderen Einheiten in Warschau. Als Ranghöchster seiner Männer bekam er zum ersten Mal militärische Freiheiten, darunter auch die Angriffspläne seiner Einheit in Warschau.

Friedrich wollte über Leben und Tod seiner Männer oder des Feindes nicht entscheiden. Er wollte das Kommando seiner Einheit nicht übernehmen, doch sein bester Freund Feldwebel Richter bestand darauf. Am nächsten Tag sollten sie dem Feind entgegenmarschieren.
Er beschloss, seine Männer am Feind vorbeizuführen. Dies war jedoch eine schreckliche Entscheidung, beinahe hätten sie die Sowjets gefangengenommen. Aber im letzten Moment rief er per Funk Fahrzeuge herbei, die seine Männer und ihn herausbringen konnten. Im Eiltempo fuhren sie bis hinter die Stadtgrenze. Jetzt waren sie weit genug von der Front entfernt. Friedrich entschied, hier zu bleiben und auf weitere Befehle zu warten.

Hier verbrachten sie auch Weihnachten und feierten so gut, wie man es in einem Krieg nur konnte. Er war wieder einmal traurig, seine Familie nicht zu sehen und seine Tochter am Geburtstag nicht in die Arme nehmen zu können. Ein paar Wochen zuvor hatte er ihr einen Brief geschickt und ihr gratuliert. Über die Feiertage hatte er vorgehabt, nach Dietfurt zu gehen, aber dies wurde ihm nicht genehmigt. Friedrich genoss es an Weihnachten immer zu sehen, wenn seine Tochter ihre Puppe bekam und sich so sehr freute, mit ihr zu spielen, dass sie in der Nacht nicht schlafen konnte. Allerdings wurde ihr die Puppe nach Weihnachten wieder genommen: für das nächste Weihnachtsfest.

Seit dem Krieg war er am Heiligabend nur selten bei seiner Familie. Trotzdem versuchte er, sich vor seinen Kameraden seine Traurigkeit nicht weiter anmerken zu lassen. Im Januar des Jahres 1945 bat er einen von ihnen, der gerade Fronturlaub hatte, seinen Brief, an dem er schon seit Beginn des Krieges gearbeitet hatte, seiner Tochter zu geben. Der Gefreite Müller, den er aus einem seiner früheren Besuche in München kannte, sollte diese Aufgabe übernehmen.

Eines Morgens stand er vor Friedrich Haus und traf dort seine Frau Frieda an. Der gefreite Müller berichtete ihr von Friedrich und dass es ihm gut gehe. Frieda bot ihm an herein zu kommen und eine Tasse Tee mit ihr zu trinken. Er übergab den Brief Frieda und diese legte ihn zu Seite. Als sie gerade den Brief lesen wollte, schrie ihre Tochter, dass sie schnell kommen solle. Über Nacht hatte ein Fuchs, eines der Hühner getötet. Dieses war natürlich ein großer Schaden, da sie und ihre Tochter überwiegend von den Eiern lebten.

Als Friedrich am Anfang des Krieges häufiger Urlaub bekommen hatte, hatte er eine Ziege besorgt, damit sie wenigstens Milch hätten. Außerdem hatte Frieda nach und nach einen großen Kartoffelgarten angepflanzt und direkt daneben einen Apfelbaum.

Frieda setzte sich mit ihrer Tochter vor den offenen Kamin und las den Brief ihres Ehemannes wie folgt: „Liebe Frieda und Mädi, ich weiß nicht ob euch dieser Brief erreicht, aber dennoch will ich euch dies noch sagen: Ich liebe euch. In diesem Krieg habe ich viel gesehen, was ich lieber vergessen würde. Ich werde die Wehrmacht verlassen und für die Engländer arbeiten.
Dafür muss ich von Polen bis nach Frankreich fahren. Der Krieg neigt sich dem Ende zu und ich möchte danach auch noch für euch da sein. Vielleicht schaffe ich es nicht bis nach Frankreich und werde deswegen erschossen. Wenn der Krieg vorbei ist und die Amerikaner kommen, stellt euch auf ihre Seite und pass mir gut auf Mädi auf, Frieda. Einen weiteren Brief habe ich dir bei meinem letzten Besuch hinterlassen. Dieser liegt auf meinem Schreibtisch unter dem Briefbeschwerer. In Liebe, euer Friedrich."

Als Frieda diesen Brief las, war sie sehr in Sorge um ihre Tochter. Sie wusste nicht, was sie tun sollte. Deshalb packte sie ihre Koffer mit ihren wichtigsten Gepäckstücken für den Fall, dass sie die Soldaten der Wehrmacht verhafteten. Frieda dachte, dass sie so schneller fliehen könnten.

Gleich am nächsten Morgen standen zwei Pioniere vor der Tür, die ihren Keller luftschutzsicher machen wollten. Doch Frieda lehnte ab, da sie Angst hatte, irgendjemanden in ihr Haus zu lassen. Amerikanische Artillerie beschoss Treuchtlingen und Dietfurt derweil mit voller Härte. In einem der Nachbarhäuser schlug eine Granate ein und brachte es fast zum Einsturz. So ging es Tag und Nacht weiter, doch Frieda machte sich Sorgen um Friedrich. Die ganze Zeit fragte sie sich, was mit ihm passiert und wo er wäre, ob er den Krieg überleben oder ob er eines der zahlreichen Opfer sein würde. Sie überlegte, wo er sich gerade befinden könnte, vielleicht wurde er von seinen Kameraden erschossen oder von Russen getötet.

Frieda musste früh am Morgen aufbrechen und Brennholz sammeln. Sie musste ihre Tochter allein lassen und sperrte sie in ihr Schlafzimmer ein. Sie schlief noch und darum dachte sie, dass sie es nicht bemerken würde. Frieda schloss die Haustür hinter sich zu und lief über den Feldweg in Richtung des Waldes. Plötzlich explodierte neben ihr eine Granate, die sie fast getroffen hätte. Schnell rannte sie ins Gestrüpp um den Explosionen zu entkommen. Sie versteckte sich im Wald und wartete solange bis alles vorbei war. Mit einem Arm voll Holz kehrte sie wieder zurück zum Haus. Sie vergaß aus Versehen in ihrer Eile die Haustür zu schließen. Erleichtert setzte sie sich in die Küche und trank eine Tasse Kaffee. Ihre kleine Tochter klopfte an ihrer Schlafzimmertür, sodass Frieda wusste, dass sie wach war. Aufgewühlt öffnete Frieda ihr die Tür und nahm sie in die Arme. Etwas später gingen sie im Garten umher und Frieda setzte sich auf die Schaukel, die sie und Friedrich für ihre kleine Tochter gebaut hatten. In tiefer Trauer saß sie da und weinte, doch ihre Tochter spielte trotz allem mit ihrer Katze weiter.

Später an diesem Nachmittag besuchte Frieda ihre Schwiegermutter, bei der sie zwar nicht immer ganz willkommen war, doch ihre Besuche waren für sie in diesen Zeiten gerade richtig. Bei ihr erfuhr sie immer etwas über die Weltpolitik, da sie einen Radio hatte. Außerdem wusste sie auch alles im Dorf. Bereits als Frieda in Sichtweite war, kam eine alte zerbrechliche Frau aus dem Haus, die geradewegs auf sie zukam. Schnell lief sie auf Frieda zu, diese schrie nur: „Die Amis kommen."

Frieda war außer sich vor Freude, endlich würden sie befreit werden. Nach einer Zeit der Unterdrückung, nach einer Zeit des Hasses endlich befreit werden. Als sie wieder auf dem Rückweg waren, fuhren die ersten Panzer der Amerikaner direkt neben ihnen her. Die kleine Frieda klammerte sich fest an den Arm ihrer Mutter, da sie nicht verstand, was geschah. Endlich war es für sie vorbei.

Am späten Abend klopften die Amerikaner an ihrer Tür und wollten in ihrem Abstellraum eine Funkstation einrichten. Frieda stimmte sofort zu, aus Angst, die Soldaten zu verärgern. Hastig schleppten die Soldaten Kisten mit Technischen Sachen in ihr Abstellzimmer. In den nächsten Tagen wohnten mehr und mehr amerikanische Männer im Keller des Hauses und immer mehr Lebensmittel als auch persönliche Gegenstände wurden entwendet. Darunter war auch das Motorrad von Friedrich, an dem er in seiner Freizeit gerne herumschraubte.
Frieda hatte trotz allem ihr Leben zurück, doch ohne ihren Ehemann würde es nie wieder dasselbe sein.

Friedrichs Leben begann in Dietfurt als einfacher Bauernsohn, der stets freundlich und lebensfroh war. Seine schulische Bildung kam oftmals zu kurz, da er meistens auf dem Hof helfen musste. Sein Lehrer erkannte früh Potenzial in ihm, doch er hatte nie die Gelegenheit, dieses voll auszuschöpfen. Immer wieder unternahm er mit seinem Onkel die verschiedensten Ausflüge durch ganz Deutschland, was zur damaligen Zeit sehr unüblich war.

Friedrich war schon als kleines Kind anders als seine Spielkameraden. Er verabscheute Gewalt über alles und war ein frommer evangelischer Christ. Auf seinen Glauben war er besonders stolz, auch seine politische Einstellung war von seinem Glauben bestimmt. Er war ein aktives Mitglied einer sozialdemokratischen Organisation. Mit dieser Partei war er nie ganz zufrieden, aber es war die Einzige, die für ihn zu dieser Zeit infrage gekommen ist.

Heutzutage würde er sicherlich unter den gegebenen Umständen zur CSU oder CDU übertreten. Friedrich hatte lange Zeit von einem friedlichen Staat geträumt, von einem Staat, dessen Ziel es ist, die Welt zu einem besseren Ort zu machen. Doch dieser Traum wurde begraben, als Hitler und die Nazis die Regierung übernahmen. Als der zweite Weltkrieg ausbrach wurde Friedrich eingezogen und bereiste so fast ganz Europa. Eine solche Weltreise wollte er eines Tages sogar selbst mit seiner Familie machen. Doch dazu kam es nie.

Friedrich überlebte die ersten Jahre des Krieges und hinterließ zahlreiche Briefe. In seinem letzten Brief schrieb er seiner Frau, dass er die Wehrmacht verlasse und sich den Amerikanern anschließen wolle. Er schrieb, dass sein Gewissen es nicht länger zulasse für die Nazis zu kämpfen. Nachdem er im Laufe des Krieges bisher niemanden getötet hatte, wollte er damit nicht mehr anfangen.

Seine Frau hörte nach seinem letzten Brief nichts mehr von ihm. Im Januar 1945 wurde er als vermisst gemeldet.

Für seine Familie brach eine Welt zusammen. Nun hatte seine Tochter keinen Vater mehr und seine Frau keinen Ehemann. Frieda nahm nach seinem Verschwinden zahlreiche amerikanische Soldaten bei sich auf, die nicht den geringsten Respekt vor ihr zeigten. Am 8. Mai kapitulierte die Wehrmacht vor den Amerikanern, Sowjets, Briten und Franzosen. Hitler beging Selbstmord. Viele trauerten um den einstigen Führer, doch Frieda sagte nur: „Der verflixte Kerl!" So etwas durfte sie laut ihrer christlichen Überzeugung nicht sagen, doch rein menschlich gesehen, tat es ihr gut, ihre Wut an dem abzulassen, der für all das verantwortlich war. Sie dachte, dass der liebe Gott ihr dies sicher verzeihen würde. In ihrem gesamten Umfeld hörte sie die Leute nur noch über den Tod Hitlers lamentieren. Dann verließ sie blitzartig den Raum und schmiss die Tür hinter sich zu. Frieda war bis zu ihrem Lebensende 2019 gegen Krieg. Zerstörung und Gewalt. Mit stolzen 104 Jahren verstarb sie an einem natürlichen Tod.

Ihr größter Wunsch war es, ihren Ehemann zu treffen und zu erfahren, ob er zu den Amerikanern fliehen konnte oder ob er im Kampf gefallen war. Frieda ging in ihrem Ruhestand oftmals in Bücherreihen, um über die Kämpfte im zweiten Weltkrieg nachzuforschen. Doch zu

Beginn des 21. Jahrhunderts verbrannte sie all seine Briefe. Nur einen letzten Brief, in dem er seiner Tochter zum Geburtstag gratulierte, blieb noch übrig. Dieser umfasste mehr als vier Seiten.

Tochter Frieda gründete 1958 ihre eigene Familie und blieb in ihrem Elternhaus. Fünf Enkelkinder, Friedrich, Karlheinz, Ulrich, Michaela und Regina, schenkte sie ihrer Mutter. Oma Frieda half immer, wo sie nur konnte. Mit den Jahren wurde Frieda älter und älter und wohnte mit ihrer Familie in einem Vier-Generationen-Haus. Besonders freute hatte sie an Ihren Urenkeln Simon und Michael, die von ihrer jüngsten Enkelin Regina sind. Mit ihnen lebte sie unter einem Dach. Gerne erzählte sie ihren beiden Urenkeln Geschichten aus ihrer Kindheit und aus ihrem schweren Leben.

Als Verfasser dieses Buches möchte ich den Lesern noch nahelegen, dass so etwas nie mehr geschehen darf.

Die Zeitzeugen und Kriegsveteranen haben unter unmenschlichen Bedingungen gelebt. Krieg bedeutet nur Leid, Zerstörung und Tod. Auch in der heutigen Zeit werden noch Kriege geführt, doch für Europa schaut bei vielen Konflikten weg. Wenn die letzten Zeitzeugen gestorben sind, bleiben nur noch ihre Geschichten, die vielleicht in Zukunft vergessen werden. Ohne solche Geschichten könnte Europa jedoch wieder in diese Zustände verfallen.

Niemand ist frei von Fehlern und jeder hat seine Stärken und Schwächen, aber niemand hat es verdient, so zu leiden. Die Verhältnisse in Deutschland haben sich seit dem Krieg verbessert und alle können sich glücklich schätzen, in diesem Land zu leben, in einem Land des Wohlstands und der Demokratie, der Freiheit und der freien Meinungsäußerung. Das macht Deutschland und Europa aus. Wenn der Mensch gegen den Menschen Krieg führt, wenn ein Mensch einen anderen Menschen tötet, dann beschmutzt er seine Würde. Durch Naturkatastrophen und Unglücke jeglicher Art sterben immer unschuldige Menschen. Solche Katastrophen sollte der Mensch bekämpfen, und nicht seine Mitmenschen. Auch Hungersnöte in Afrika und Asien sind nicht leicht zu überwinden. In Europa wird uns so eine Hungersnot vermutlich nicht mehr ereilen, doch die Betroffenen verkaufen meist ihren gesamten Besitz um nicht zu verhungern. Menschen mit einer anderen Hautfarbe werden oft Ziel von gewalttätigen Übergriffen. Viele sagen, dass sie zu einer anderen Rasse gehören. Eine solche Differenzierung von Menschen wurde erstmals seit Hitler in den Sprachgebrauch aufgenommen. Sie machen sich mit ihrer Fremdenfeindlichkeit zu verbalen Straftätern. Zuletzt möchte ich mich noch entschuldigen für alle Menschen, die anderen Menschen Gewalt wieder fahren haben lassen. Hier und heute bekommen die eine Chance, die sich mit Gewalt, sowohl verbaler als auch körperlicher, durchs Leben geschlagen haben, denn ihnen wird vergeben. Dies ist euer Neuanfang! Vertraut euch selbst, lernt euch selbst zu lieben und gewinnt Vertrauen in euch.

Diese Geschichte basiert auf Tatsachen und einer wahren Begebenheit. Friedrich und Frieda haben die Welt nicht nur durch ihr Handeln etwas besser gemacht, sondern auch durch ihr Dasein. Friedrich hat in seinem Leben viel Gutes getan und sein Appell an die Welt war: „Seid barmherzig und vertraut auf Gott!" So begann er jeden neuen Tag. Im Laufe der Zeit kamen ihn immer verrücktere Dinge in den Kopf. Gegen Ende des Krieges wollte er sogar den evangelischen Pfarrer Dietrich Bonhoeffer aus dem KZ Flossenbürg befreien. Doch heute wissen wir, dass ihm das nicht gelungen ist. Friedrich wurde seit Januar 1945 als vermisst gemeldet. Was mit ihm geschehen ist, hat bis heute keiner herausgefunden. Vielleicht wurde er von der Gestapo verurteilt und hingerichtet.

Friedrich Hüttmeyer war mein Urgroßvater, den ich vielleicht kennengelernt hätte. Wenn er lebend aus diesem Krieg nach Hause gekommen wäre, wäre die Chance, wenn auch nur gering gewesen, dass ich ihn zu Gesicht bekommen hätte.

Adolf Hitler, der Teufel der deutschen Geschichte, hat mir diesen Moment genommen. Hitler hätte diesen Krieg nie führen dürfen. Durch ihn sind Millionen auf schrecklichste Weise umgekommen. Denken wir nur an den Holocaust. Der Größenwahn dieses einfachen Mannes hat diese gesamte Welt ins Chaos gestürzt.

Heute ist es meine Aufgabe, an Friedrich zu erinnern, da er zu Lebzeiten nicht den nötigen Respekt und die Anerkennung bekommen hat, die er verdient hätte. Friedrich hat es gehasst, wie seine Kameraden über Juden spotteten. Bei seiner Frau beschwerte er sich über deren Verhalten. Einmal sagte er sogar: „Wie können das meine Kameraden sein!" Er wäre bereit gewesen, für einen Juden zu sterben, da sein bester Freund selbst einer war. Keiner wusste es besser als er, wie freundlich

Juden sind. Deshalb bewunderte er Dietrich Bonhoeffer, der sich öffentlich gegen den Arierparagraph ausgesprochen hatte. Den Satz: „Ich bin Jude!", sollte in Zukunft jeder sagen dürfen, ohne Angst um sein Leben haben zu müssen. Meinen Urgroßvater beschreibe ich oft als Märtyrer, da er für seinen Glauben gekämpft hat und seiner Zeit um einen wichtigen Punkt weit voraus war. Dieser Punkt heißt Nächstenliebe! Er mochte es genauso wie ich nicht, wenn man den Begriff Jude in einem abfälligen Zusammenhang verwendete. Er sah die Juden als Menschen an, die unter Gott standen und als Glaubensbrüder. Niemanden konnte er sich anvertrauen.

Wir können uns glücklich schätzen, dass die Zeiten in Deutschland und Europa sich geändert haben.

Simon Schröder wurde am 5.2.2007 im Mittelfränkischen Gunzenhausen geboren. Derzeit besucht er das Gymnasium in Roth/Mittelfranken. Die Erzählungen seiner Urgroßmutter bewegten ihn so sehr, dieses Buch zu schreiben.

FSC
www.fsc.org

MIX

Papier | Fördert
gute Waldnutzung

FSC® C083411

Zeitfracht Medien GmbH
Ferdinand-Jühlke-Straße 7
99095 Erfurt, Deutschland
produktsicherheit@kolibri360.de